다른 빛깔로 말하지 않을게

모악시인선 021

다른 빛깔로
말하지 않을게

김현수

모악

혼자 있는 하루가
친애하는 감각으로 머문다.
바깥에 앉은 네가
풍경의 중심으로 들어오면 좋겠다.

2020년 9월
김현수

차례

2부 12월과 1월 사이

4부 피핀과 메리와 나는

.

1부
중얼거리는 달과 물은

유월 하늘에 뜨는 별은

　방안에서는 약속이 피어나고 있어요 초하루는 모든 게 아쉽게 빛나는 날이에요 별들이 행복해질 때까지 어떻게든 환해지자던 구름이 날개를 접네요 내일을 기다리는 유월이에요 하늘이 방문을 닫는 게 보이나요 카시오페아와 북극성과 큰곰자리까지 발걸음을 맞추어 가네요 별들이 무한하게 자랄 때까지 그들이 찬란해질 때까지 하늘은 초승달로 문고리를 달아 놓았어요 반짝이는 것들이 온 방을 채우는 게 보여요 초승달과 다정하게 어울리는 게 보여요 유월의 첫 하루가 수북한 날이에요 별들이 시들지 않겠다고 아우성을 치고 처녀자리를 지나가는 유성우는 사라지네요 오늘밤에도 당신은 별빛을 눈썹에 받아내겠지요 하늘이 방문을 열고 있어요 별들이 행복해질 때까지

16그램

달콤한 목소리를 낸다
심심할 때는 건너뛰고
미래는 손톱만한 조각에 뭉쳐져 있다

거리에서 실망이 버퍼링되더라도
즐거움으로 함께 하고
기억은 싱싱해진다

들었고 보았던 상상은 무성해지고
핸들을 잡고 전용도로를 달리며
우리가 해낼 수 있는 건 흥얼거리는 일뿐

햇살이 늘어진 음악과 출렁거린다
꽂아놓고 뽑아내는 시절이
오래된 usb에 말리고 있다

크레바스

부드러운 내력이 견뎌온 습관
동그랄수록 흔하게 쪼개진다

무섭게 스며들어
즙이 흐르던 사이는
고여서 흥건하다

균열이 있는 거리를 걷고
틈새에 꼿꼿한 협곡 하나 만들어 놓고

벽계가든과 종합운동장 사이로 벌어지는 간극
평면이 그어놓은 무늬가 닮았다
메울 수 없는 허기

서로를 시기하는 얼굴이 낯설어 질 때
수박을 어긋나게 썰어 나누던 사람처럼
우리는 눈 밝은 시간으로 건너가 길을 낸다
수박처럼

살바도르 달리에게

수염 하실래요?
물엿으로 고정시킨 프링글스 모양의 수염,
그 곁에 들끓는 개미들도 함께

담비 망토와 왕관은 챙겨 놓았나요?

환각과 정밀한 오늘을 연출하는 당신은
경이로운 일 속에 빠져 들죠

동그랗게 확장된 눈으로 성게 40마리쯤이야 말을 거는 당신,
과장된 상상을 연기하던 모습이 보여요

산 위의 호수에 보이지 않는 남자,
신부의 옷을 보고
창가의 인물이*
도드라지는 그림을 바라보고 있어요

담뱃갑에 챙겨 넣은 수염은
심상을 모으는 편집광처럼 보이게 하죠

───────────────

*달리의 작품

러시아 사냥개 2마리와 당구 채를 들고 산책을 하는 당신
모습도 낯설지 않아요

에스파냐에 가면 현실 너머에 있는 당신을 만날 거예요
오늘도 새로운 고달픔을 잊기 위해
어떤 일을 벌이고 있는지
당신 속으로 다가가고 싶어요

벌어진 입술 사이로
흘러나오는 이름
살바도르 달리

리모컨만 만지작거리는 하루

가슴에 귀를 기울이면
눈꺼풀이 깜박이는 내 모습이 보여
하루 종일 따라 온 말투가
식탁에 쏟아져 나와

동사로 짜증을 내었다가
옹알이를 하는 아이가 되었다가
충돌하는 말의 리듬을
뒤집어 엎어보곤 하지

건조한 시간을 넘어온
헐벗은 언어가 부풀고 있어

불안은 꽃피지 말고
같이 살아보자고 몸부림만 치고 있어

식기건조기는 돌아가고
홈쇼핑은 매진 임박을 알리고
나는
리모컨만 만지작거려

잠이 오지 않는 밤을 만찬처럼

플레이팅 된 숫자를 세며 넘어가고 있지

수평의 대열

화환 속 당신은 웃고 있다
메아리로 흩어지는 울음이 환하다

살아서 이 행진을 앞에서 지휘한 적도 있었지
당신이 살아서 울던 적이 있었지

검붉은 행진이 시작된다
돌담을 지나 빠르게 움직이는
관절이 주저앉는다
손사래를 치며 무너지는 가슴을 쥐어뜯는다

세상과 하직한 모습은 밝다

외투들은 수직의 삶을 환호하며 나아가고
수직으로 살다간 생이 수평으로 대열을 만든다

울음은 수평으로 누워서 구부러진 길을 따라 간다

호모에렉투스

당찬 깃을 들어 올리며
나란히 꽃대를 밀어 올린다

무릎 꺾인 삶에
불시착한 우리들의 우울한 취업

직립보행의 기억을 더듬다
돌아 나온 구직의 터널

불온한 책장 같은 꽃잎을 넘기며
세상과 타협하는 나를 세우고
지상에 없는 호모에렉투스의 꽃을 받아내고 싶다

튤립 사이로 가뿐하게 앉은
나비처럼 유장한 호흡
꽃술 사이로 번지는 편안한 망각

작년에 던져놓은 이력서에서 올라오는 싹
슬로 모션으로 깃을 세운 채
도도하게 서 있다

중얼거리는 달과 물은

지상에 없는 것 하나
하늘에 떠있는 달을 떠올린다

빠른 속도로 떨어지는
운석이 내뱉은 말
나는 나를 부딪히며 지나가는
어둠에게 달의 말을 전한다
물빛처럼 녹아드는 달이 차가워도
둥근 외곽무늬는 곁에 떠돈다고

나를 업고 가는 달에게 다시 말할 수 있다
물결무늬로 겹쳐질 수 있다고
거듭 둥글어질 수 있다고

삶의 리듬을 함께 한다
여묾과 여림
휨과 바름

달은 멀리 물을 두고
더 높이 떠서 더 진하게 빛을 던진다
달과 물 사이에서 밝음이 중얼거리며 부를 때까지

삶이 허공 속으로 들어가 가려질 때
달과 물 곁에서
나는 꿈결 같은 눈빛을 보탠다

편두통

기억하나요 당신
각을 세우고 찌르는

이제 나의 머리는
그냥 통증모드로 해두겠습니다

왼쪽으로 보내는 타전은
면도날 같은 장대비이기를,

깨질 것 같던 아픔은
권태롭게
불쑥 들어온 당신과 같아요

어제 지나간 울음을
디카페인을 마시며, 당신
살아보지 않은 시간을 만지고 있나요

훅 치고 들어온 당신처럼
금속성 파열음이 들려요

일을 마치고

통증을 견디는 동안
벼랑 끝에
아슬하게 발을 디디고
허공에 내딛는 순간

살아보지 않은 시간 속에서
감각은
여전히 나를 기다리고 있어요

페이퍼

닥나무 곁을 지나면 글자의 입말이 튀어나온다

껍데기에 앉은 문장을 읽고 있는 벌레들이 있다

질기고 질긴 것에 대하여

물 밖에서 발견한 것에 대하여

나무를 갉아먹고 있는 것에 대하여

짓이겨진 닥나무 껍질에 대하여 울어주기도 한다

벌써 라는 농담을 거는 것은

종이가 몇 번의 배접을 하다가

마름질 하는 소리다

습도에 참여했던 일

눅눅하게 흘러내린 기억

닥나무 곁을 지나면

종이의 친화력이 생각난다

활자들을 빽빽하게

삶아서 말리고 걸어둔 언어가 서성거린다

부서지는 것을 기다리며

나는 종이의 결을 거머쥐고 있다

여전히 나를 부르는

공덕역을 향해
뛰어가는 당신의 뒷모습이
마술처럼 걸렸다

쏟아내던 투정은
우리의 머릿속에
먹구름으로 머물렀다

오후는 오는 듯 마는 듯
웃음을 다독이고
밝음에 반응하던 구름이
갑작스럽게 내린다

오지 않을 시간이 깊어져
표정은 발랄해지고

그와 내가
반기며 맞는 오후는
공전하는 밝음을 쌓아놓는다

어깨 사이로 소나기가 내리고

일기예보를 들여다보던

그와 나는

보폭을 유지하며 걸었다

겨울의 패턴

쌓인 눈을 보고서 놀래는 사람은 없는지 얼굴을 감싸 쥐던 손은 차가운 저녁을 비비고

오늘 저녁 겨울의 패턴이 쌓일 때까지 햇살은 간간이 비추다 사라지고

당신이 그리움을 배설하는 공간, 당신을 추궁하는 눈빛을 격자무늬 속에 가두고, 당신 선택이라고 말하는 순간 겨울은 깊어가고 당신은 겨울 밖으로 길을 나서지

양모 털실이 온기를 부풀리고 회색 아스팔트 속으로 들어가지 새로운 패턴은 날것으로 오고

당신은 녹아버린 눈을 쳐다보다가 얼굴을 감싼 그의 손을 만지고 있지 그는 다시금 짜이는 에스닉 패턴의 외투를 응시하고 있지

무채색 도로에서 그 길이 담은 문양 속을 걸어가지 시린 손끝을 불면서 그림자 사이로 흰 빛을 담아오지 겨울 패턴은 눈빛으로 녹아내리고 서로의 눈빛은 쌓여가고

주름이 늘었다

오래도록 안부를 기울이고
걱정의 스카프를 두른 채
교회당을 들락거렸다

일회용의 구원을 구해보다가
마주친 박수소리에 놀라기도 하고

잘못 생각했나봐
그대를
염려했던 것을 땅속까지 내려놓고

기운은 아득해지고 그대가 얹어 준 기도를 들어보기도 했다

기우에 불과하다고
우리는 애써 근심을 보태며
계단을 오르내리기도 하고

누구의 기도가
저녁너머로 사라지면
날마다 움켜 쥔 염려 하나는
교회당 뒤곁에서 무릎을 꿇기도 했다

거짓말 한 다발

여러 사람의 말의 마디 속으로 들어가서
한 가지씩 묶여진 다발 하나 꺼내오고 싶다
캄캄한 한 다발의 거짓말은 막연하게 떠있다
웅성거리는 뒷담화를 못내 솎아내고 싶다

2부
12월과 1월 사이

자두

당신의 머릿속에 자주 드로잉 북이 펼쳐질 때가 있었다

한 번도 포옹 못했던 석고상을 바라보며
가끔 내리치는 번개처럼
이젤 위를 지나가는 손처럼
우린 살짝 덧니를 드러내며 한 철을 앓았다

작년 여름
당신의 손은
이면지에 짤막한 삽화 하나 감싸 놓았고

자두를 베어 물던 나는
시디신 여름을 흥얼거렸고

나의 몸에 깃들어 있던 당신은
신 자두보다 멀어서 아름다웠다

오늘의 키워드

검색창을 두드리는 손가락은 우쭐했죠

특별해서 기억하기 좋은 날
모르는 일을 꺼내보던 날

눈을 감을 때마다 광고는 번쩍였고
맛집을 올려놓을 때마다
화면을 지나가는 눈빛은 환호했죠

손가락으로 치며 눈으로 읽는 말
쪼그려 앉은 활자의 모습

소녀상
기분 조은 카센터
물티슈
비형남자의 심리

쉬지 않고 눌러대는 손이 느릿느릿 춤을 춰요
즐거운 고독과
날아가는 감정과
많은 검색어를

맞으러 나가기 위해

손가락 마디마다
외마디 비명을 지르며 퍼지고 있죠

자판을 두드리면 고개를 솟구치는 눈빛들
부시지도 않나 봐요

바탕체로 읽는 하루

창을 열면 곰소염전이 보였지

거북하지 않은 것은 숨소리뿐,
겨울은 문을 닫고 들어오지 않았지

둘러보다가 모른 척 차를 몰았지
오래 훔쳐보던 염전은 내색 않고 있었지

주저앉아 꺽꺽대기도 했는데
다정한 말은 끝이 없고
완벽하게 가려지던 시절은
서늘하고 아득했지

한 발만 옮겨 놓아도
그만큼 보았을 텐데
잠들지 못하는 것들, 곰소에 가서 알았지

나를 기다리던,
짓느라 낡아진 한숨을 부려놓고
깊은 곳에 숨겨진,
첩첩이 패인 감정을 읽어보는 눈빛이 멈춰 섰지

그곳에 가면

숨소리가 들려

소금창고를 만날 때마다

손등을 어루만지곤 했지

인색했던 땀방울을 빚으려 했지

누울 곳 없는 자들

목숨을 밀어올리고 여미어주기도 했지

기린로 빌딩 사이로 나온 별

사람들이 엎질러진 국물처럼
살얼음이 낀 도로를 걸었다

겨울이 떠나면
당겨지는 햇볕 냄새들

망루에 올라가 고공농성을 하는 그의 목소리가 떨렸다
버스 완전 공영제가
빌딩 사이에 걸려 있다

1일 2교대 쟁취와
반성이 내걸린 시청 앞에 좀처럼 울리지 않는 것들,
지워지지 않는 마음 속 짐들이 선명하다

기린로 빌딩 사이로 나온 별,
아무 말도 하지 않으며 사라진다
웅크린 겨울
스스로를 설득하는
한 사람의 중얼거림이
시청 앞에 걸려있다

산딸나무

산딸나무를 만져본다

잃어버린 것을
아프지 않은 것을
단출하게 때론 겁 없는 것을

하늘 끝자락까지 뻗어가는
산딸나무의 자유를
열매에 가득 담긴 바람의 속살을

만질 수 없는 하늘의 폭
무수한 수동의 손가락
발 앞에 떨어진 열매의 향기
바람의 길을 살피는 잎맥들

단물나는 울림으로
이파리마다 빨간 음원을 새겨 놓는다

도서관은 발효 중

자꾸만 굵은 소리를 내는 하루
첫 장과 마지막 생각을 묵혀둔 문장의 갈피,
한숨을 내뱉은 마음이
엉겁결에 서가의 소실점에 도착한다
시제가 부정확한 먼지에 기대어 흘러 다닌 날이 있었다
어눌한 것은 바깥으로 돌아가도 좋다

짧은 통화

동부우회도로를 달린다
아파트 밀집지역에 불빛이 흔들리며 내게 온다

같은 사무실을 쓰면서 같이 먹었던 밥들이 쌓여 있는데
너는 늘 궁항을 말했는데
스스로 흘러왔다가 저만치서 빛나는 것을 동경했는데
우리가 나눈 것은 순도 높은 단어의 조합을 만들기도 했는데

아무 일 없이 잘 지낸다는 말만 하다가
휴대폰을 매만지던 손이 종료버튼을 누른다

유토피아로 넘어가는 우리의 관계는
또렷하게 수신음만 남기고

텀블러가 놓여 있는 오후

낮잠을 깬 오후인 것은 분명했어
문틈으로 바람 한 자락 들어왔지
나는 그것도 모르고
컴퓨터 자판을 두드리고 있었지

자판 위를 떠다니는
4월이 문득
내 머릿속에 들어오더군
놀란 눈으로 바라 본 바다는 계속해서 사라졌지

조금씩 기울어지다가 멈춘 표정,
닿지 않는 발을
쉬어지지 않는 숨을
경계에 부려놓고

팽목항은 구름 하나 띄워놓았지

앉아 쉬던 아이들 노랫소리
바다는 사소한 질문을 묻다 사라지고
우리는 침잠한 바다를 외면했지

재잘거리던 이야기가 쉬지 않고 흘러가고
신 맛이 나는 에디오피아 코게하니가 내려지고
아이들을 감춘 바다를 바라보는 4월
텀블러가 놓여 있는 오후였지

usb

용량은 작지만 때론 꿈을 담기도 하지

야생화와 들꽃, 나무와 잡목림들이
빽빽하게 둘러서 있는
나는 식물도감이기도 하지

반딧불이 불빛으로 따라와
서쪽으로 흘러가며
바람 앞에서 울창해지는

산책길에
고양이 울음이 들리고
초록을 꿈꿔보는

옮겨진 시간,
천 개의 파일과
더할 나위 없는 희망곡

숲에서 들려오는 나무의 심장소리
젖은 발을 첨벙거리는 아이들 사이로
은사시나무 떨리는 소리가 들려

다시 스며들어볼까

나와 너의

엑스트라 같은 숲에서 말야

낮잠

콩나물이 들어간 죽을 보았어요
새끼손가락이 없는 그녀의 손이 보였지요
그녀는 국자를 들고 있었어요
뜨거운 김치죽을,
나는 그녀 앞에 앉아
한 숟가락 뜨다 말았어요
더 먹고 가라는 당부도 하지 않았지요
죽은 아버지가 보였어요
퉁퉁 불은 죽을 내 입에 넣어 주었어요
반가움 같은 건 뒤로 하고
말없이 웃음만 보이는 엄마는
콩나물 건더기를 내 숟가락에 얹어주었어요
먹어도 먹어도 자꾸만 불어터져서 그득한
김치죽을 달게 먹었지요

당신은 문장의 통로를 지나가고

감자를 삶아 먹으며
소리를 굴리는 날이었지

포슬포슬한 글을 보면서 매달린 문장을 쓰고
뜨문뜨문 웃어보는 날이지
어제의 내가 지나가고
가야 할 길을 지나치며
글 바깥에서 그림자를 품어보았지

책상을 끌어당겨 가까이 있는 것들을 봤어
안에서 밖으로 밀어내는 얼룩
여며지는 글과 문장의 속앓이가 따라오는 게 보였어
혀끝에서 쓰고 읽고 지우고 다시 쓰고 읽는

당신은 문장의 통로를 지나가고
새벽에 써놓은 낱말 사이로
별은 뜨기도 하고 지기도 하고
포대자루에 주워 담은,
그 낡은 것들로 하루는 밝아지고
뛰노는 문장을 혀끝으로 녹여보는 날이었지

컬러링

각각의 색깔을 꺼내
작업실 책상 위에 줄을 맞춰놓았다

24절기로 나열된
삐뚤빼뚤한 계절,
선풍기는 돌아가고
집요하게 의자를 끌어당기고
담벼락에 따라 붙는 초침소리는
머리를 감싸며 반복된다

미묘한 농담으로 피는 작업실에서
내 취향이 아니어도 그림의 취향을 읽어낸다

해칭연습을 하면서 앓았던 걱정
카메오톤으로 배색을 하고
그림을 그리며 던진 무수한 외침이
여러 갈래로 들끓고 있다

텅 빈 화지
살아온 절기의 생각과
다가올 환절기의 장르가

부록처럼 따라 붙는다

색감은 판독하기 어려운 중심을 따라가고
나는 내내 터무니없는
곡선을 붙잡아두었다

12월과 1월 사이

그래 드러내지 않을게

졸피뎀을 털어 넣고
기쁜 사진을 찍어볼게

프레임의 각을 맞추고
밀실에서
감도를 높일 때
움직이다가 적막해지는
멈추었다가 다시 처음 바라보는

기다란 액자와 삼각대
무지개 색 양산을 들고

접사렌즈를 들고서
캐논 필름을 만지던 사람이
암실로 들어갔다고

피사체를 따라가며 고정되었던 우리
경험이 녹아 든 욕설을 주문처럼 외웠던 우리
노출을 말하고

플래시를 터뜨리며 찍은

오래 전 사진 한 장

건너편에 켜진 푸른 등을 향해 질주하는
시선이 마구 뒤섞였던 십년 전 우리,
다른 빛깔로 말하지 않을게

3부
버베나 꽃잎은
접어지고

토마토

겉은 보드랍고 속은 물컹했다

그녀가 서쪽으로 사라지고 나면 그 끝을 무심히 바라보았다

제안의 씨앗을 피우는 뿌리와 함께
할 수 있는 게 없어서
그늘을 비끼고 서 있는 어제는 흐려지고

모퉁이엔 즙이 있고, 거기엔 토마토가 있고, 거기엔 테두리
가 없어서
당신의 깡마른 몸이 있을 텐데

아주 느리게 중얼거리는
세 번쯤 부딪혀보는 당신의 모서리
컴퍼스로 재어 보는 그녀와 나의 변두리

밖으로 가는 길은
원점을 돌고 돌아
갈피를 잡을 수 없었다

드로잉

—에곤쉴레, 빨래가 널려 있는 집들

꽈리가 있는 자화상 앞에서
함께 보던 것들은 신선하게 다가왔지

빠르게 지나가는 그의 드로잉은
메마르고 병적인 색을 띠었지
괴상하고 때론 에로틱한 인체를
스케치하는 날도 많았지

강한 욕망은 불안하게 쏟아지고
신중하지 않은 윤곽은 뚜렷하게 따라왔지

크룸로프에서 나는 그를 만났지
어깨를 기댄 작업실에 빨래가 널린 집이 보였지

소박한 사람들은 숨어 있고
형형색색 빨래는 바람에 날리고 있었지

여기 풍경을 보면 편안해
그는 내게 속삭였지

그가 바라보던 풍경 앞에서

꽈리처럼 터지는 상큼한 저녁을 안고 흔들렸지

빨래는 걷히고 우리는 짧은 사랑을 하고
시시한 풍경을 그리고 있었지
크룸로프 마을에서 스물여덟 설레와 함께
나는 색채를 포개고 쌓았지

비문증

공중 가득 날아다닌다
팔딱거리다
사라지는
나방 한 마리

그물은 펼쳐지고
날아오른 나방의 날개를 떨어뜨리지 못하고
기어 나오는 붉은 실핏줄

건너가다 잡혔는지
손사래를 치다 놓쳐버린 그림자
네 번씩 떠올리는
눈 속으로 날아가는 행방

맑은 하늘에
펼쳤다 사라지는 나방의 날갯짓

직진으로 머물다 간 희미한 얼룩
어디로 튈지 모르는
밀려오는 생의 흔적

컵을 얻다

식탁에 있는 너를 들여다봤어
두 손으로 안아볼 생각이야
이왕이면 티 매트를 하나 사서
목이 긴 너를 앉히고 싶어
고대 유물이라도 되는 듯
닦아서 빛을 내고 싶어
시간마다 물을 담고
어쩌다 누구라도 들른다면
그의 손에 흔쾌히 들려줘야지
귀한 것이라도 된다는 듯
그는 읽어낼 거야
소리 내어 노래도 불러봐야지
이내 수그러들어 우울해진다 해도
흉금이 깊숙이 파고드는 통증을 쏟아낼 거야
여유 없는 하루를 찢고 물을 쏟아버린대도
컵에 담겨 있는 희부윰한 향을 맡으며
다시 한 모금 입술을 적시기도 하겠지
새초롬하게 기운을 내는 거겠지

골목

붉게 물들어가는 잎과 같아서 자꾸 서성이게 되는 곳
하나를 보태면 짙어지는 골목
분주하고 수많은 발자국들
서로의 얼굴을 바라보며
잠복기를 지난 시간을 통과하는

길고 복잡한 사연은
골목에 묻히곤 했다
비닐 색 밀도의 표지를
도돌이표가 붙은 대본처럼 읽곤 했다
지루한 하루의 연장이다

하루를 연장하는 회로를 받아들고
솟구쳐 오르는 몸은 사라진 골목 끝에 앉아 있다

벨칸토 음악회를 보고 온 날에는

콜로라투라를 부르는 여자
베이스로 깔리는 남자
낯선 표정을 지으며
물끄러미 소리를 질러보는 거야

날개처럼 퍼지는 선율을 잡아두고
가만히 옥타브를 열어보는 사람이 되어보는 거야

청음을 좋아하는 게으름은
경청하는 습관을 들여도 돼

피아니시모로 두드려보고
포르티시모로 건너가는 소리를
부지런하게 가둬 둘 거야

커튼콜이 드리워진 밤에는
특별한 목소리를 포박해 둘 거야

개와 나는 배롱나무 사이를 돌고

그러니까 그런 몸이 개를 끌고 처마 밑으로 간 것이다
배롱나무 사이에 묶어두고 장독대를 치운 것이다

처마 밑에서 무엇을 보았을까 어제는 잔뜩 독기어린 눈
을 치켜떴을까 같이 지낸 정겨웠던 밥그릇을 갖고 놀았을까

밤늦은 달빛 속에서 짖어보기도 했을까

사방을 둘러선 남천 무리들이 보이지 않을 때, 자신의
앞발로 개집을 이끌어 낸 일이 곤두설 때

그 하루를 밀어내기로 작정했던 것일까

물에 젖은 개집 사이로 저녁 어스름이 꼬리치며 들어올 때

처마 밑에 환한 빛이 엮어질 때

내일이면 사라질 진북동의 질감을 기억해 두려고 개와
나는 배롱나무 사이만 돌고
새벽별은 먼저 길을 나서고

그해 봄에는

　말없이 흐르는 금강에 대해 쓰고 싶었습니다 고요한 두근거림으로 흘러가는 금강을 말입니다 그와 내가 나눈 입맞춤은 아직도 금강 어귀에 스릉스릉 스며들고 있을 것입니다 꽃샘추위가 지나간 초봄에 그와 나눈 말이 새겨졌고 날리는 눈발을 둘이 맞았습니다 작년에 하늘로 돌아간 아이의 눈망울을 생각했습니다 내가 슬프다고 했지만 그는 마땅한 슬픔을 찾지 못하고 길을 나섭니다 다시 봄이 오고 머지않아 겨울이 오면 금강의 눈발을 기억할 것입니다 나와 그 사이에 새떼가 흘리고 간 울음을 주워봅니다 금강에서 사라져버린 시간을 홀로 두기로 했던 약속이 흐릅니다 누구도 낯설지 않은 금강에 있을 것입니다

버베나 꽃잎은 접어지고

숨 쉬는 것들이 흔들거려요
감잎 사이로 걸린 낮달
서둘러 나온 반나절이 떠 있네요

오후가 당겨진 날이에요
방아깨비 다리를 이고 가는
개미들 행복이 앞마당에 새겨지고 있어요

모두가 휘파람을 불 때까지 살아보자던
꽃잎을 접은 버베나 동공은 감았다 커지며
마지막을 향해 가네요

살아 숨 쉬는 것들이 하늘 아래 반짝여요
앞마당과 의자의 거리,
자주 바라보던 계절의 자리,
구월의 스펙트럼이 나란해질 때까지

반나절이 음악처럼 쌓여요
가을은 배를 불리며 개미의 통로를 읽고는 하지요
모두가 넉넉하게 살찔 때까지
흔들리며 서로를 배불리 먹이지요

경천저수지에서

하늘 위에 촘촘히 박힌 말들이
쏟아질 것 같은 별을 긁어 대나봐

저수지 너머에 주파수를 맞추고
무심히 초승달 경전을 넘겨보는 밤

누가 저수지 속에서 반짝이는 어제를
서늘하게 헹구고 있어

블라인드가 내려진 저녁

꽃들은 흔적도 없이 찬란하다가 꺼져버린다

어디에도 없던 봉오리가 화분 곁에서 입을 벌릴 때

모가지째 떨어진 몸을 받아든 타일은
동백 아래를 천천히 지나갈 뿐

떨어진 것들은 누구도 짐작하지 못한
이전의 사랑을 뒤에 두며
다시 저녁을 붙든다

블라인드 처진 구석, 먹빛 흔적의 동백이
꿈을 씹는 파릇한 웃음으로 타일 위에서 피워 올렸던

자신의 부재를 없던 일로 되돌리는 몸짓처럼
아직 쓸 만한 잎들과 꽃잎을 걸쳐들고
부서진 채 튀어 올라도

웃음이 사라져 버린 베란다에 숭어리는 아득하고
가르마를 타던 햇빛만 선명하다

막일을 함께 다니던 그을린 얼굴들이 툭 떨어지고 나면

정갈한 저녁에 블라인드는 내려지고

동백이 거둬들인 햇살은
오래도록 깊음이 도드라진다

그의 서사

남천교를 바라보는 일이 많았어요
구부러진 안경테를 바로잡고 있었지요

남부시장 골목 어귀에 마른 몸을 얹은 채
멍울을 새겨 넣은
대수공방이 있었지요

책상에 앉아 날을 세운 조각도를
그는 매일 바라보았어요

검은 잉크를 쏟아내고
나무 위에 긴 감정을 풀어놓고
허무한 생각을 채집하지요

파내고 솎아내고 문지르면서
그림자를 긁어내며 조각도를 움직이면서

나무에 새겨지는 수많은 칼자국들이 오후 내내
출렁거리고

판화의 문양은

목판 위를 기어 다니고

다시 허물은 늘어나고
파고드는 조각도 움직임 따라
대수공방엔 세밀한 풍경 하나 자라고 있었지요

시간의 바깥

생일이어도 미역국 한 그릇 먹지 못하고,
누워 있는 노인을 바라보았다
꿈속을 헤매던 젊음의 문장을 더듬어 보았을까
노인은 시간 밖으로 서성이는 몸을 풀었다
해야 할 말과 당부의 말,
해결하지 못한 감정을 짓누르고 있었다
마루 밑 늙은 개 울음소리가 흘러나왔다
나는 노인을 안고 지평선을 건너가는 시간의 바지랑대를
세웠다

4부
피핀과 메리와 나는

포플러가 있는 산책로

낮에 곁을 들인 촉촉한 물음

무수한 이파리 사이로
깍지 낀 여름이 흘러가는 밤

낮의 기울기와 물결 사이로
산책로 따라 우기와 갈증이 따라간다

아스팔트 위에서 빛나는 것들이
물음표를 던지며 흔들리는 허공

바람을 통과한 발은
제자리 뛰기를 하고

걸어가다 돌아보면
포플러는 뜨거운 숨을 뱉어내었다

거북바위에서 놀다

금암동 산길에서 미라의 목덜미를 봤다 우리는 오동꽃 아래 매미 자국을 따라가며 바위틈에 귀를 기울였다 비린내를 풍기는 소나기를 바위에 얹혀두고 왔다

슬레이트집에 사는 미라엄마가 주린 배를 잡고 집에 왔다 신흥종교에 빠진 남편이 그대로 짐을 싸서 달아나 버렸다고, 코를 팽 푸는 그녀의 손이 떨렸다

미라엄마가 봉동으로 이사 간 날 들판에 굶은 까마귀 떼가 낟알을 주워 먹고 물을 삼키는 거북바위에서 즐거웠던 한 때

양철문 아래 비가 튕겨져 내린다 빗물에 쓸려 내려가는 토사물이 거북바위 아래 쌓인다 거북바위의 위를 향한 손짓을 보았다

미라와 나는 서로의 표정과 기억을 떠올린다 죽죽 내리는 빗줄기를 따르던 거북바위, 수천 개의 빗금이 그어지던 여름을

결벽증

너는 일방통행이다
숲으로 가는 걸음을 옮기고
반쯤 벌어진 군밤을 먹으며
사람들이 사라져 버리고
길옆으로 가까워지는 끈적이는 바람처럼
너는 먼지투성이를 봤다
씻어내어 구분하는 덤불과 숲 사이
잠깐씩 놓치는 얼룩이 진해지는 것
씻어달라는 말과 씻기는 말을 되풀이 한다
검불이 쏟아진다
머리끝에서 허리까지 채워진 오염의 숲
어둠에 걸린 너의 발
숲을 걷다가 너는 씻어내지 못한 얼룩에 갇히고

큐레이터

그쪽은 비켜 가세요
프레임의 기울기처럼

걸어 놓은 그림의 낮은 속삭임을 들어본다
전시장에 사람은 넘쳐나고

내가 보는 그림속의 다양한 것들
그림 밖의 모호한 것들, 내가 배열한 것을 생각한다

때론 이것은
미술관에 들어온 화가를 보는 일,
모서리가 되어버린 토르소처럼

램브란트전을 기획하면서 빛과 어둠의 이상적인,
감각을 맞춘다

깃털이 달린 모자를 쓴 사스키아와
램브란트 미소가 심장에 들락거린다

색채를 던져버리고
전시관마다

다듬어진 연민의 각도가 보인다

큐레이터의 모티프 따라
전시장에 그림은 넘쳐나고

곳에 따라 비

구름에 떠밀려 날아다니던 비가 내리고 있어

곳에 따라 비
구름의 비문에 새겨지는 문장이 있어

물기둥이 내리치듯 비가 내리던 순간이 기억났을까
몬순을 비껴가던 일이 생각났을까

우기를 소유한 오늘은
습기를 만들어 내고 있지

비는 구름의 죽음
농도를 채우며 비워내고

하늘의 눈동자에서 어떤 물음을 예측한 듯
가까스로 내리는 비를 나는 골똘히 쳐다보고 있어

장마전선은 북상 중이고
펼친 우산을 다시 접어 넣듯이
그렇게 고요한 빗방울은 깊어지겠지

피핀과 메리와 나는

키가 어른 허리만큼 닿는 피핀과 메리
발바닥이 튼튼해서 신발을 신지 않는다

나는 페리안나스
나는 아름답지 않은 여자

작은 키로
법원 모퉁이에서 구두를 닦는다
구둣방에 앉아 흔적을 지운다

발이 튼튼해서 신지 못하는 신발을
뒤축이 닳은 구두를
명품로고가 찍힌 법원 서기의 구두를 닦는다

내가 신지 못하기에 소중한 한 켤레

피핀과 메리와 나는
구둣방에서
굴을 파는 사람
반짝이는 광을 내며
구두를 닦는 슬픈 호빗이다

미수금 받아드립니다

광고지가 붙은 게시판 사이로
집나간 실종자를 찾는
교통사고 목격자를 찾는
잃어버린 애완견을 찾는
개업기념 현수막 옆에 전화번호가 가득하다

현수막이 펄럭인다
찢어진 현수막 사이로 벚나무는 간신히 꽃잎을 내린다
잃어버린 것을 찾아야 하는
늙은 노인이 전화번호를 적는다

밤새 꽃대를 올린
봄을 낳은 벚꽃의 어미를 찾는다는
줄 광고도 가득하다

시멘트 담벼락에
칠이 벗겨진 문장 사이로 벚꽃은 날리고

보이스피싱으로 날아가 버린 평생의 한이
떨어진 벚꽃 잎 사이에 앉는다
몇 생을 거듭나고 피고 지는 봄 앞에서

미수금을
목격자를
보고 있다

뇌경색으로 한쪽이 마비된 여자 손을 잡고
현수막 앞에 선 노인
어디선가 불쑥
돈다발이 벚꽃마냥 흩날릴 것 같다

혼자 있는 일요일

베란다 수납장에는
풀지 못한 어둠이 수북하다

주차장으로 들어서는 자동차 소음은 끊임없고
방충망 사이로 빛이 쏟아져 들어와도
익숙함은 이렇게
천천히 새어들어 오고
나는 실외기에 앉아 손을 얹는다

멀리 달음박질 하는 아이처럼
진눈깨비는 날리고

내 곁으로 지나가는 오늘
아픈 것에만 몰두하는 무한한 마음이
공중에서 사라지는데

햇빛은 냄새도 없이 들어온다

어반스케치

무던한 마음이 걸려 있어요

거칠어진 선이 그어진 결핍에서 멀어지고 싶었어요

때려 부수는 세간이 내지르는 소리를 더는 견딜 수가 없었어요

공터에 앉아서 이야기를 나누는 여자도

담장에 기대앉은 노인도 일렁이고 있지요

각자의 방향으로 내밀었던 몸을 기대면서

그들과 함께하는 색채가 따뜻하게 걸려 있어요

마티에르는 캔버스에 깊고 어둡게 나부껴요

요긴하게 쓰던 화구들이 나란하게 놓여 있네요

서로를 향한 화강암 같은 약속

미래를 알아볼 수 없어서 간략하게 흔들고 있어요

가지런한 풍경을 더듬어 보고 있어요

폐경

공기가 물관을 가로 막는다

마른 손에 만져지는 다량의 종이는
물기로 지워진 흔적

젖은 것의 관다발과
마른 펄프의 꿈이 어울려
그녀의 세계에서 조립이 된다

말라가는 몸은 노력할수록
밭은 숨을 생산하는 습관이 있다

점점 호흡이 줄고
완경의 시간을 넘어가는 일

종이꽃을 내가 피웠다는 생각
불면의 소동이 나를 세운다

그가 내 자궁에서
첫 밤을 발견한다면
종이다발을 건넨다면

받아 들어봐

한 무더기

종이꽃

태백으로 갈까

태백에 가서 겨울을 보고 싶은 환상이 내게 있었다

작은 골목을 돌아
큰길로 들어서는데 헛돌던 자동차
얼음에 갇혀 지내는 것처럼
당신과 내가 보았던
시간이 헛돌던

걷는 자리마다 눈은 푹푹 쌓여
발끝에 닿는 겨울의 거리
자작나무와 수선화와 포인세티아를
얼어터지도록 두드리는
눈을 유심히 바라보았다

벌판과 벌판 사이에서
되돌아오는 눈송이가 흐릿해지던

백색으로 가까워지던
공중에서 뛰어내리는
눈의 언어들이
더 가벼워졌다

읽어 보던 태백의 눈을 나는 붙잡아 두었다
얼었다가 뭉쳐지다가 녹았다가 흘러가는 겨울의 바깥을
공중에 올려놓았다

눈발을 태백에 앉혀놓고서
회복되던 그 해 겨울
금귤을 까먹으며 태백에 머물고 싶었다

고양이 왈츠

핏줄을 비추는 가로등 아래에서 울음을 삼키고 서있는 길고양이

그의 울음 속엔 페르시아 뒷골목이 서려있습니다

어둠이 내리는 밤을 찾아

왈츠를 추는 모습이 보입니다

검은 울음으로 목소리를 내기도 하였습니다

놀이터를 지나가는 날랜 차에 눈이 부셨습니다

찢어진 하이톤으로 소리를 지르다가 가시 같은 상상을 했겠지요

낡은 포터 밑에 눈빛을 숨기고 있는지 모르겠습니다

시동소리에 놀래서 날카로운 발톱을 세우고 걸었습니다

차가운 공기를 나눠 마시고

통통 튀는 고등어 상자의 비린내를 담기도 했지요

거리를 활보하는 길고양이와

나는 흘러나오는 왈츠에 박자를 맞춰보겠지요

시동을 끄고 기어를 당기고

저녁을 써 내려갑니다

금속 철사 같은 고양이 울음을 숨기면서

삼박자로 흐르는 고양이 무도회를 지켜봅니다

메아리쳐 돌아오는 울음은

오늘 어디에 걸려서 춤추고 있을까요

미술관에서 만나요

깊고 어두운 한때였다
아침잠이 많았다
당신이 있는 미술관에 간다
나와 당신이 공유하는 그곳에서
꽃을 쥐고 낮은 계단을 올랐다
당신은 희미한 표정을 앉혀 놓고 이름을 중얼거렸다
각자의 화가를 생각하며 골똘히 걸었다
나는 비구상의 끝을 말했고 당신은 추상의 시작을 말했다
많은 생각이 따라가고 사라졌다
나는 복도에 들어섰고 당신은 전시장 바깥을 맴돌았다
차가운 색채를 물으며 걸었다
복도 뒤편에는 모악산이 보였다
단풍나무가 꽃을 피우고 있었다
우리는 전시장을 돌아서 길고 흐린 말에 대해 말했다
나는 벽을 보는 당신을 따라서 걸었다
오래 우는 산비둘기 울음이 들린다
매일 반복되는 일이었다
아침마다 가까워지던 우리는
연습하듯 미술관으로 간다

Blind : 지연되는 시, 침묵하는 삶

문신(시인, 우석대 교수)

1. 시 : 지연되는 개시

대부분의 시는 읽기와 더불어 시의 속살이 폭로되지만, 어떤
시들은 시를 다 읽고 난 후에야 시적 진심이 드러나기도 한다.
시적 개시가 지연되어 나타나는 경우다. 시와 시 읽기가 동조되
지 않을 때 시 읽기는 그 격차를 해소하기 위해 거듭될 수밖에
없고, 다시 읽기가 시작되는 순간에 진정한 시 읽기가 도래한다.
그러나 거듭 읽기의 진정성은 시가 아니라 삶을 겨냥한다는 점
에 주목할 필요가 있다. 시가 삶의 리듬과 욕망에 도전했던 언
어화된 흔적이고, 시 읽기가 그 흔적의 사건을 짐작해내는 일이
기 때문이다. 그렇기 때문에 김헌수 시인이 "어디로 튈지 모르
는/밀려오는 생의 흔적"(「비문증」)이라고 한 편의 시를 마무리했
을 때, 우리의 시 읽기는 그 '생의 흔적'을 찾아나서는 거듭 읽기
를 요청한다. 이른 바, 시가 끝나는 곳에서 (진정한 의미의) 시
가 시작되는 것이다. 이러한 읽기는 지연된 시 읽기이자 삶으로
서의 시 읽기가 될 것이다.

시집 『다른 빛깔로 말하지 않을게』는 김헌수 시인이 삶을 어
떻게 바라보는지, 그 삶에 얼마만큼 근접해 있는지를 확인하는

자리이다. 결론부터 말하자면 이 시집은 김헌수 시인과 "삶의 리듬을 함께 한다/여묾과 여림/휨과 바름"(「중얼거리는 달과 물은」)에 주목한 후, 시인의 "즐거운 고독과/날아가는 감정"(「오늘의 키워드」)을 파고든다. 드로잉 하듯 재빠르게 삶의 단면을 짚어내는 시인의 눈썰미는 날렵하고, 그것을 식자해내는 언어 감각은 세련되었다. "망루에 올라가 고공농성을 하는 그의 목소리"에서 "스스로를 설득하는/한 사람의 중얼거림"(「기린로 빌딩 사이로 나온 별」)을 겹쳐 듣는 솜씨를 보면 알 수 있다. 누군가를 설득하는 일이 사실은 스스로 납득하는 일이라는 삶의 비밀을 들여다볼 줄 아는 것이다.

이렇게 김헌수 시인은 도처에서 발견할 수 있는 삶의 흔적을 비밀의 심연으로 확장해낸다. 알다시피 흔적은 일상의 육체성과 구체성 그리고 현장성을 보존하고 있는 상징적인 무늬다. 점성술사가 캄캄한 밤하늘의 무늬를 꿰뚫어내듯, 시인은 침묵하고 있는 삶의 흔적에서 발화되어야 하는 리듬과 욕망을 발굴해낸다. 이제 보게 될 시에서 김헌수 시인이 삶의 현장에 어떻게 개입하고 있는지 확인할 수 있다.

당찬 깃을 들어 올리며
나란히 꽃대를 밀어 올린다

무릎 꺾인 삶에
불시착한 우리들의 우울한 취업

직립보행의 기억을 더듬다

돌아 나온 구직의 터널

불온한 책장 같은 꽃잎을 넘기며
세상과 타협하는 나를 세우고
지상에 없는 호모에렉투스의 꽃을 받아내고 싶다

튤립 사이로 가뿐하게 앉은
나비처럼 유장한 호흡
꽃술 사이로 번지는 편안한 망각

작년에 던져놓은 이력서에서 올라오는 싹
슬로 모션으로 깃을 세운 채
도도하게 서 있다

「호모에렉투스」 전문

이 시에는 선-존재로서의 인간적 고뇌가 담겨 있다. "우울한 취업" 전선에서 "세상과 타협하는 나"를 발견하는 일은 고통스럽다. 스스로를 돌아보는 순간, 인간은 "지상에 없는 호모에렉투스의 꽃을 받아내고 싶"어 한다. 존재하지 않는 것을 향한 욕망의 기표를 발생시키는 것이다. 이러한 현상을 두고 현실 부정, 현실 회피라고 말하는 것은 시와 삶에 대한 모독이다. 부재를 향한 지향은 존재의 파괴적 재생을 위한 필연적인 과정이다. 그렇기 때문에 "작년에 던져놓은 이력서에서 올라오는 싹"으로서의 욕망은 오히려 "깃을 세운 채/도도하게 서 있"다. 그렇다면 무엇이 인간을 '도도하게 서 있'게 만들었을까?

호모에렉투스는 직립인이다. 선-존재가 되면서 인간은 두 가지 욕망에 노출되었다. 하나는 창공을 향해 뻗어나가는 시선의 무한이고, 다른 하나는 자신을 내려다볼 수 있는 성찰적 응시이다. 고개를 들어 올려다 본 세상은 그동안 알고 있었던 삶의 지평과는 차원이 달랐다. 밤하늘에 가득한 별들은 손을 뻗으면 금방이라도 잡을 수 있을 것처럼 반짝거렸다. 그 손 뻗침 속에서 인간 최초의 욕망이 싹을 밀어 올렸다. 그러나 더 중요한 것은 욕망이 발생하는 순간 지금까지의 삶이 시시해졌다는 사실이다. 시선을 돌려 자신을 내려다본 순간, "무릎 꺾인 삶에/불시착한" 것처럼 한없이 초라해진 삶이 보였다. 그때부터 인간은 "당찬 깃을 들어 올리며/나란히 꽃대를 밀어 올"리는 존재가 되기로 다짐했던 것이다.

이렇게 호모에렉투스는 무한하게 펼쳐져 있는 욕망의 창공과 시시하고 보잘 것 없는 현실의 삶 사이에서 경계적 존재로 살아가고 있다. "하늘 끝자락까지 뻗어가는/산딸나무의 자유를"(「산딸나무」) 꿈꾸는가 하면, "어둠에 걸린 너의 발/숲을 걷다가 너는 씻어내지 못한 얼룩에 갇"(「결벽증」)히기도 했다. 따라서 호모에렉투스는 (무한한) 욕망과 (씻을 수 없는) 얼룩을 삶의 본질로 하는 존재이다. 김헌수 시인은 이러한 인간의 삶을 "연민의 각도"(「큐레이터」)로 줄곧 응시한다.

2. 시선 : 연민의 각도

연민의 각도로 바라본 삶은 "건조한 시간을 넘어온/헐벗은 언어가 부풀고"(「리모컨만 만지작거리는 하루」) 그렇게 부풀어 오른

언어는 "시제가 부정확한 먼지에 기대어 흘러 다"(「도서관은 발효
중」)니고 있다. 김헌수 시인은 삶이 언어를 일그러뜨리고, 언어
가 삶을 정확하게 기표화하지 못하는 지점에서 시가 발생한다
고 믿는다. 그럼으로써 언어에는 삶의 비밀스러운 흔적이 남겨
져 있다는 통상적인 믿음을 초과한다. 삶과 언어의 즉각적 동일
시를 해체함으로써 시는 일상 언어가 감추고 있는 삶의 비밀을
폭로할 수 있다는 것이다.

　이렇게 일상을 환상으로 대체하는 언어가 시다. 따라서 "각을
세우고 찌르는"(「편두통」) 연민의 각도는 일상이 품고 있는 비밀
을 폭로하기 위한 시적 예각의 응시다. 연민의 각도를 지닌 시
인은 "수박을 어긋나게 썰어 나누던 사람처럼""눈 밝은 시간으
로 건너가 길을 낸"(「크레바스」) 후, "구름의 비문에 새겨지는 문
장"(「곳에 따라 비」)을 읽는다. 비문의 문장은 연민의 문장이자 비
밀의 문장이다. 그리하여 시란 삶을 향한 연민이자 삶이 남긴 비
밀을 문장으로 새기는 일이라는 결론에 도달한다. 뒤집어서 말
하자면 삶이란 "문장의 통로를 지나가"는 일인 것이다.

　　감자를 삶아 먹으며
　　소리를 굴리는 날이었지

　　포슬포슬한 글을 보면서 매달린 문장을 쓰고
　　뜨문뜨문 웃어보는 날이지
　　어제의 내가 지나가고
　　가야 할 길을 지나치며
　　글 바깥에서 그림자를 품어보았지

책상을 끌어당겨 가까이 있는 것들을 봤어

안에서 밖으로 밀어내는 얼룩

여며지는 글과 문장의 속앓이가 따라오는 게 보였어

혀끝에서 쓰고 읽고 지우고 다시 쓰고 읽는

당신은 문장의 통로를 지나가고

새벽에 써놓은 낱말 사이로

별은 뜨기도 하고 지기도 하고

포대자루에 주워 담은,

그 낡은 것들로 하루는 밝아지고

뛰노는 문장을 혀끝으로 녹여보는 날이었지

「당신은 문장의 통로를 지나가고」 전문

시를 쓰는 동안 시인의 의식은 분리되는 경향이 있다. 시를
써야 하는 의식이 표층에서 외부의 시적 대상에 천착하는 동안
심층자아는 보다 안쪽에 몸을 숨긴 채 자신의 시 쓰기 활동을
관찰한다. 심층자아는 외부 세계와 투쟁하고 있는 표층자아의
고뇌가 정당한지 판별하고, 정당하지 못하다고 판단되면 표층
자아의 시 쓰기를 즉각 중지시킨다. 심층자아는 "어제의 내가 지
나가고/가야 할 길을 지나치며/글 바깥에서 그림자를 품어보"
는 것이다. 이 경우에 표층자아를 응시하는 심층자아의 시선은
연민의 각도로 기울어 있는 것이 일반적이다. 이 응시의 각도를
만들어내기 위해 시인은 "혀끝에서 쓰고 읽고 지우고 다시 쓰고
읽는" 행위를 반복한다. 이러한 반복은 삶을 딛고 선 의식의 타

륜舵輪을 조정하는 과정이다. 이 과정 속에서 시인은 자신의 삶이 "안에서 밖으로 밀어내는 얼룩"이라는 것을 감지하고 자신의 내부로부터 얼룩 같은 "문장의 속앓이가 따라오"도록 유인한다. 일상의 얼룩(흔적)으로부터 시적(문장의) 속앓이를 마중해 내다니. 이는 필시 "감자를 삶아 먹으며/소리를 굴리는 날"같은 일상에서 시가 씌어졌다는 것을 강조하기 위함일 것이다.

이쯤 되면 김헌수 시인에게 시적 일상이 어떤 의미인지 궁금해질 수밖에 없다. 한때는 탁월한 혜안이었겠지만, 이제는 빛나지 않는 진리가 되어버린 명제에 기대어 보자. 에밀 슈타이거는 『시학의 근본 개념』에서 서정시의 근본 원리로 '회감'을 제시한 적 있다. 회감은 회상으로 고쳐 적어도 좋다. 슈타이거에 따르면 서정시는 회상의 형식으로 발화되는데, 회상의 형식이란 일상을 '쓰고 읽고 지우고 다시 쓰고 읽는' 반복과 다르지 않다. 그렇기 때문에 회상은 단순히 지난 일을 떠올리는 것이 아니라, 지나간 일상을 새롭게 해석하거나 성숙하게 경험하는 일에 근접한다. 이것이 김헌수 시인이 생각하는 시적 일상이다. 시 쓰기의 형식 속에서 심층자아가 표층자아를 응시하듯, 회상의 형식 속에서 회상하는 주체는 회상되는 주체를 응시한다. 두 경우 모두 응시의 기울기에는 연민이 개입한다. 이제 보게 되는 시가 하나의 사례이다.

> 피사체를 따라가며 고정되었던 우리
>
> 경험이 녹아 든 욕설을 주문처럼 외웠던 우리
>
> 노출을 말하고
>
> 플래시를 터뜨리며 찍은

오래 전 사진 한 장

건너편에 켜진 푸른 등을 향해 질주하는

시선이 마구 뒤섞였던 십년 전 우리,

다른 빛깔로 말하지 않을게

「12월과 1월 사이」 부분

이런 대목에서 김현수 시인이 연민의 각도로 응시하고 있는 삶을 볼 수 있다. "오래 전 사진 한 장"의 기표로 제시되고 있는 "시선이 마구 뒤섞였던 십년 전 우리"가 그것이다. 슈타이거가 말했던 바, 회상 형식으로 쓰인 이 시는 '십년'이라는 시차를 통해 "피사체"와 "시선"의 구도가 형성되었다. 십년 전 일상이 "잠복기를 지난 시간을 통과"(「골목」)함으로써 지연된 시차가 개시된 것이다. 그런 까닭에 김현수 시인의 시는 삶의 한 무대가 끝난 후, 찬란했으나 속절없었던 시간을 다시 소환해내는 "커튼콜"(「벨칸토 음악회를 보고 온 날에는」)처럼 읽힌다. 커튼콜의 순간에도 김현수 시인의 시선은 "블라인드 쳐진 구석, 먹빛 흔적의 동백"(「블라인드가 내려진 저녁」)에서 벗어나지 않는다. 그 '먹빛 흔적'이 "살아서 울던 적이 있었"던 삶의 "검붉은 행진"(「수평의 대열」)이라고 믿기 때문이다.

3. 삶 : 먹빛 흔적

그렇다면 블라인드가 걷히고 환한 조명이 쏟아지는 무대는 누구를 위한 자리인가. 이런 질문이 쏟아질 법도 하겠지만, 어

쩔 수 없다. 화려한 무대를 꿈꾸는 한, 우리의 삶은 블라인드에 가려진 구석이어야 한다. 무대란 구석에서 꿈꿀 수 있는 저편의 세계이다. 저편이란 언제나 우리가 닿을 수 없는 곳이다. 우리의 삶이 비극에 가깝다고 한다면 그 이유는 우리가 저편을 향한 이편의 몸부림에 불과한 존재라는 데 있다. 그렇기 때문에 문제가 되는 것은 구석을 바라보는 시선의 연민이다. 그 시선이 응시하는 것은 먹빛 흔적이고, 그 흔적이란 구석에서 살다가 소멸해간 어떤 존재에 대한 환기이다. 시인이란 이렇게 다른 흔적을 다른 언어로 포착할 줄 알고, 다른 언어 속에 다른 존재를 담아낼 줄 아는 존재라고 우리는 믿는다. 마찬가지로 김현수 시인은 살아서 울던 적이 있었고 지금은 검붉은 행진으로 그 울음의 흔적을 남기고 있는 삶을 연민할 줄 안다. 그는 흔적에 담긴 삶의 구체적 풍경을 언어로 재생하는 일에 능숙하다. 김현수 시인의 시적 풍경은 "오래된 usb"(「16그램」)에 저장되어 있는데, 그 한 풍경을 재생해 보기로 한다.

창을 열면 곰소염전이 보였지

거북하지 않은 것은 숨소리뿐,
겨울은 문을 닫고 들어오지 않았지

둘러보다가 모른 척 차를 몰았지
오래 훔쳐보던 염전은 내색 않고 있었지

주저앉아 꺽꺽대기도 했는데

다정한 말은 끝이 없고

완벽하게 가려지던 시절은

서늘하고 아득했지

한 발만 옮겨 놓아도

그만큼 보았을 텐데

잠들지 못하는 것들, 곰소에 가서 알았지

나를 기다리던,

짓느라 낡아진 한숨을 부려놓고

깊은 곳에 숨겨진,

첩첩이 패인 감정을 읽어보는 눈빛이 멈춰 섰지

그곳에 가면

숨소리가 들려

소금창고를 만날 때마다

손등을 어루만지곤 했지

인색했던 땀방울을 빚으려 했지

누울 곳 없는 자들

목숨을 밀어올리고 여미어주기도 했지

「바탕체로 읽는 하루」 전문

이 시에는 해풍에 땀이 마른 소금살갗 같은 삶이 있다. 건조
하면서도 끈적한 삶이다. 그 삶에는 턱 막히는 들숨이 있고, 쉬

어쩌듯 토해내는 날숨이 있다. 이렇게 살아가는 사람을 우리는 스스로의 "목숨을 밀어올"릴 줄 아는 호모에렉투스라고 말해도 좋다. 호모에렉투스는 "누울 곳이 없는 자들"이어서 운명적으로 선-존재가 될 수밖에 없다. 그렇게 직립인이 되었지만, 이들 앞에 펼쳐진 것은 "곰소염전"이다. 그곳은 실재의 세계이자 "깊은 곳에 숨겨진,/첩첩이 패인 감정을 읽어보는 눈빛이 멈춰" 있는 곳이다. 연민의 시선이 응시하고 있는 '블라인드 쳐진 구석'이 바로 이 시의 "소금창고"인 것이다. 이곳에서 김헌수 시인은 삶의 곡절이 말라붙은 흔적을 "어루만지곤" 한다. 그럴 때 손끝을 따라 떠오르는 "다정한 말은 끝이 없고/완벽하게 가려지던 시절은/서늘하고 아득"하다. 이 아득함을 다른 시에서는 이렇게 말하기도 했다.

작년에 하늘로 돌아간 아이의 눈망울을 생각했습니다 내가 슬프다고 했지만 그는 마땅한 슬픔을 찾지 못하고 길을 나섭니다 다시 봄이 오고 머지않아 겨울이 오면 금강의 눈발을 기억할 것입니다 나와 그 사이에 새떼가 흘리고 간 울음을 주워봅니다 금강에서 사라져 버린 시간을 홀로 두기로 했던 약속이 흐릅니다

「그해 봄에는」 부분

아득함은 멀고 가까운 거리의 문제가 아니다. 아득함은 "작년"의 시간으로부터 "다시 봄"과 "겨울"의 "사이"에서 발생한다. 그 사이에 깊은 상실은 "슬픔"으로 비화되고, "기억"하는 것으로 이어진다. 기억의 숙성을 거친 슬픔은 "울음"의 "약속"으로 "사라져버린 시간"을 대체한다. 이 시간이 바로 연민의 시선이 응시하

는 흔적이자 '블라인드 쳐진 구석'이다. 이 옹색한 삶의 현장에서 김헌수 시인은 "내일이면 사라질 진북동의 질감을 기억해 두려고"(「개와 나는 배롱나무 사이를 돌고」) 삶의 진실을 언어로 다듬어낸다. 그러나 "작년"의 질감을 "다시" 기억해야 하므로 김헌수 시인의 시는 언제나 뒤늦게 개시된다. 이것이 김헌수 시인의 시를 거듭 읽게 하는 힘이다.

이제까지 본 것처럼, 시집 『다른 빛깔로 말하지 않을게』는 시 읽기가 끝난 이후에 본격적인 시 읽기가 시작된다. 거듭 읽기는 그의 시가 "벌어진 입술 사이로"(「살바도르 달리에게」), "즙이 흐르던 사이"(「크레바스」), "튤립 사이"(「호모에렉투스」), "그림자 사이로"(「겨울의 패턴」), "달과 물 사이에서"(「중얼거리는 달과 물은」), "어깨 사이로"(「여전히 나를 부르는」), "기린로 빌딩 사이로"(「기린로 빌딩 사이로 나온 별」), "아이들 사이로"(「usb」), "새벽에 써놓은 낱말 사이로"(「당신은 문장의 통로를 지나가고」), "벌판과 벌판 사이"(「태백으로 갈까」) 등 '사이'의 세계를 시적 지평으로 삼는 것과도 긴밀하게 관련된다. '사이'의 존재론을 통해 우리의 삶을 시차의 몸부림으로 전환해냄으로써 김헌수 시인의 시는 "활자들을 빽빽하게//삶아서 말리고 걸어둔 언어"(「페이퍼」)가 되어 독자들에게 당도하였다. 그 언어들이 "순도 높은 단어의 조합"(「짧은 통화」)인 것이 인상적이다. 그래서 거듭 읽게 된다. 그러고도 못다 읽은 것들이 있다면, 그것들은 이 시집 어딘가 비밀의 갈피에서 먹빛 흔적으로 침묵하고 있을 것이다.

시인 김헌수

1967년 전주에서 태어났다. 우석대학교 대학원 문예창작학과를 졸업했으며 2018년 전북일보 신춘문예에 시 「삼례터미널」이 당선되었다. 2020년 전북문화관광재단 문예진흥기금을 수혜했다.

모악시인선 021

다른 빛깔로 말하지 않을게

1판 1쇄 찍은 날 2020년 9월 21일
1판 1쇄 펴낸 날 2020년 9월 27일

지은이 김헌수
펴낸이 김완준

펴낸곳 모악

기획위원 김유석, 유강희, 문신
출판등록 2016년 1월 21일 제2016-000004호
주소 전북 전주시 덕진구 기린대로 418 전북일보사 6층 (우)54931
전화 063-276-8601
팩스 063-276-8602
이메일 moakbooks@daum.net

ISBN 979-11-88071-27-2 03810

* 이 도서의 국립중앙도서관 출판예정도서목록(CIP)은 서지정보유통지원시스템 홈페이지 (http://seoji.nl.go.kr)와 국가자료공동목록시스템(http://www.nl.go.kr/kolisnet)에서 이용하실 수 있습니다.(CIP제어번호: CIP2020039716)
* 이 책의 내용을 재사용하려면 모악의 서면 동의를 받아야 합니다.
* 이 책은 2020 전라북도 문화관광재단 지역문화예술 육성 지원사업의 지원을 받았습니다.

값 10,000원